AF268025

# LA PAIX,

## PAR

### FÉLICITÉ GUÉRIOT St. MARTIN.

——————

# PARIS,

MARCHANDS DE NOUVEAUTÉS.

18 BRUMAIRE AN X.

# LA PAIX.

ELLE reparaît donc enfin sur la terre,
cette déesse bienfaisante, pour ranimer dans
nos cœurs tous les charmes du sentiment;
on va proclamer la paix, pour apprendre
aux humains qu'elle n'aura désormais pour
bornes de son empire que ceux de l'univers;
puisse-t-elle régner sans intervalle et faire
rentrer dans son antre funeste, Mars, ce
dieu sanguinaire et terrible! Son règne cesse,
et nous serons heureux. O Français! ô
mes amis! ô mes concitoyens! effacez en-
tièrement la teinte lugubre que dix ans de
malheurs ont donnée à votre imagination;
redevenez le plus aimable des peuples, celui
qui supporte avec courage les adversités de
la vie; celui qui, par les charmes de son
esprit, son aménité, sa grâce, avait déjà
conquis les nations policées du globe; redevenez ce peuple qui força tous les autres
à recevoir ses leçons aimables, dans la so-
ciété duquel on se trouva toujours heureux;
et quand la paix consolide, affermit votre

politique; que les arts, les sciences, le commerce, l'industrie, tout y gagne. Pourriez-vous être froids lorsque la paix vient habiter au milieu de vous ?

Au nom de tous les amis de la patrie, recevez, apôtres du bien public, l'hommage sincère que je vous offre, comme aux réparateurs des crimes passés, aux précurseurs de l'abondance, aux amis des humains, aux philosophes faits pour éclairer, enfin aux êtres qui seuls pouviez forcer la paix à oublier nos querelles antiques et à reparoître sur la terre. Dressons-lui de nouveaux autels : qu'elle chérisse à jamais le triomphe qu'elle nous procure aujourd'hui ; mais je l'entends déjà s'écrier au milieu de nous : Le héros par lequel je règne, règne lui-même sur tous les cœurs : que désormais la paix grave son image dans ceux qui lui refusoient un temple ; qu'elle soit un baume pour toutes les ames que la douleur a exaspérées ; qu'elle cimente l'union sacrée de deux peuples, si bien faits l'un pour l'autre, nés pour être amis ; pour n'avoir que le même esprit politique, les mêmes calculs commerciaux ; et que de l'intérêt général et particulier, émane la gloire commune : désormais soyons

encore plus étroitement unis ? O paix sacrée ! déesse puissante, que ce soit là ton
ouvrage ; parle, inspire nos cœurs ; tu peux
donner de nouveaux hommes à l'univers,
en régénérant leurs principes, leurs ames,
leurs lois, leurs politiques ; tu peux les
forcer à te devoir leur bonheur ; tu peux leur
apprendre à connoître les ressources qu'ils
possèdent pour contribuer à l'avantage de
tous : que ce soit sur nos frontières qui vont
devenir communes, que la palme sacrée soit
plantée pour reverdir toujours ; et que les
échos ne se lassent pas de répéter ce nom
sacré de la paix ; que ce nom révéré sèche
toutes les larmes ; par elle un père ne rede-
mandera plus encore dans l'adolescence un
fils chéri qu'on obligeoit à ceindre l'épée
meurtrière ; une mère ne sera plus forcée
de consoler sa fille gémissante qui, dans les
transes de l'amour, devoit à chaque instant
éprouver celles que donne l'inquiétude pour
l'objet qu'on aime ; on n'entendra point un
tendre amant regretter de quitter les lieux
habités par une sensible amante, et qui ré-
sonnans du bruit guerrier du départ, empê-
choient l'heureux couple de prononcer le
serment solennel qui devoit autoriser les

union, déifier leurs plaisirs. La guerre est terminée, et nous permet de retrouver dans nos demeures tranquilles, tous les charmes qu'une divinité libérale nous réservoit; nous allons redevenir hommes, chrétiens, citoyens, époux, pères, amis, et voir nos guérets, nos plaines, nos vallons se fertiliser; la France sera plus belle qu'elle le fut jamais. Que le sentiment pour notre patrie renaisse comme le phénix de ses cendres; bénissons l'étoile qui doit nous servir de boussole, consultons la souvent; et si des malveillans vouloient mettre un voile sur nos yeux pour nous dérober son éclat enchanteur, ayons assez d'énergie pour l'arracher; il ne faut plus raisonner, mais sentir.

## *Avantages de la paix.*

Qu'avons-nous à gagner par la paix ?

1.º Comme citoyens d'une vaste république qui doit s'affermir par la philosophie, destinée de tous tems à fermer les plaies que la frénésie a faites à l'humanité; personne n'ignore que les devoirs de citoyens d'une république sont différens de ceux qu'on observe dans une monarchie; les

grandes actions, les vertus sublimes ; l'hé-
roïsme en tout genre devient l'étude jour-
nalière de la vie d'un républicain. Tels sont
ses devoirs, personne ne peut l'en affranchir ;
mais comme le catéchisme du républicain
n'est pas encore imprimé, suppléons-y par
la lecture des histoires grecque et romaine.
Ces héros n'étoient pas seulement guerriers ,
mais cultivateurs infatigables , non en butte
aux préjugés les plus injustes ; ils étoient
encore jurisconsultes intègres , citoyens ir-
réprochables , artistes habiles , etc. , etc.
Prenons-les pour modèles, dans un tems où
la paix va nous offrir les occasions de connoître si réellement nous méritons, sous
d'autres rapports que ceux de guerriers,
d'être appelés républicains.

2.° Comme voisins de peuples puissans,
chez quelques-uns d'eux , nous y verrons
les résultats d'une savante politique que la
raison a éclairée de son flambeau depuis
l'époque de leur régénération. Nous observe-
rons bien mieux à présent l'étendue, la pro-
fondeur de l'esprit national , au moyen duquel une république , et tous les corps politiques sagement gouvernés , se constituent
essentiellement. Examinons la constitution

par laquelle chez nos voisins, chaque individu peut subsister, entretenir, dans une
aisance honnête, à l'aide d'un travail actif,
assidu et lucratif, la famille la plus nom-
breuse. L'Anglais n'est humilié que de com-
mettre le crime, celui qui le commet en
porte seul la peine, il n'attire pas sur les in-
dividus de sa famille, la honte et le mépris,
en en faisant même rejaillir le poison sur les
races à venir.

En Angleterre, le commerce est la pre-
mière base de l'aisance et des richesses du
royaume; il a fourni à celui-ci des moyens
sûrs de repousser le choc de ses adversaires.

Le noble titré, ainsi que le commerçant
laborieux, ne craignent pas de se voir en-
tourés de nombreux enfans : c'est leur pre-
mière richesse, parce que les lois les proté-
gent, les aiment tous indistinctement, et
offrent à chaque individu un moyen hono-
rable de pourvoir à leurs besoins, même à
ceux que l'usage et la mode diversifient chaque jour, et qu'on doit appeler besoins de
luxe.

La marine est en Angleterre plus floris-
sante que par-tout ailleurs : Apprenons
d'eux cet art si utile dans lequel nous som-

mes si inférieurs , et ce sera encore un bienfait que nous devrons à la paix : enfin , c'est bien cette nation belle et riche qu'on peut justement comparer à une ruche d'abeilles dont les membres industrieux font à l'envi le bonheur de leur chef : les lois de cet empire ont été dictées par des hommes que Minerve ne dédaigna pas d'inspirer ; elles sont maintenues aujourd'hui par les plus sages de ceux que la nature enfante. Au parlement, le tiers-état vote comme la noblesse ; enfin chaque individu jouit des droits imprescriptibles que la nature lui donne, le prêtre n'y est pas condamné à une continence périlleuse ; car c'est ou commander le crime, ou prescrire l'impossible : là nul monastère ne se trouve pour favoriser la barbarie des pères et abuser de l'inexpérience des enfans ; les arts mécaniques et libéraux y sont protégés , encouragés spécialement ; pour tout dire, ce peuple s'est régénéré depuis l'époque de Charles I.er , et de lui on peut emprunter , sans rougir , les moyens qu'il emploie, pour être aussi puissant, aussi riche , aussi heureux, etc. , etc. Voilà le second bienfait que nous doit procurer la paix : développons le troisième en peu de mots.

3.° Comme amis des arts et des talens, un état politique ne peut être, puissant qu'autant que, pour se délasser de ses devoirs de citoyens, il cultive les arts et les sciences ; le dix-huitième siècle ne pouvoit nous trouver insensibles aux avantages qu'ils procurent, sans nous voir rougir de cette monstruosité, fruit du volcan dont nous venons d'éprouver les secousses ; mais dont nous ne dissiperons l'horreur qu'en créant des ateliers aux arts. De tout temps le Français les aima, il les aime encore : ah ! chérissons-les ; car ce sont eux sans doute qui répandent sur nos jours ce charme par lequel nous oublions les maux inséparables de la vie, toutes les injustices de la fortune, la haine des envieux que l'on rencontre toujours sur son passage : ce sont eux qui nous apprirent ce qu'est la gloire, l'émulation ; ils servent et encouragent toutes les vertus ; ils mitigent toutes les passions. * With them we are happy ; when we cannot no more be so with men Gray. Créons donc des ateliers communs et libres, où l'on aille

_________________________________

* Par eux nous sommes heureux, quand nous ne pouvons plus l'être avec les hommes.

à l'envie étudier les arts des Zeuxis et des
Apelles ; des Lycées où , admis par son
talent , son goût pour l'étude , on voie se
former des Cicérons et des Démosthènes ;
enfin jouissons avec délices de tous les biens
dont un sol fertile embellit un climat heureux ; et nous verrons avec transports , avec
orgueil même , se propager nos mœurs mo-
dernes républicaines , dernier bienfait que
la paix nous procurera , pour faire de nous
à jamais le peuple chéri de la nature et du
ciel !

Sans doute je n'ai pas parlé de tous les
avantages que la paix doit nous procurer.
Un de ceux les plus chers à mon cœur , est
le perfectionnement de l'éducation des femmes , qui depuis dix ans n'a été que trop
négligée : Puissent les autorités consti-
tuées s'en occuper avec urgence , et mériter
par-là les hommages de toute la terre. Es-
sayer de rendre les femmes plus vertueuses ,
plus intéressantes , c'est chercher à rendre
les hommes plus heureux. . . . . Ce vœu sincère m'occupe depuis long-tems. J'ai déposé
entre les mains du Ministre de l'intérieur
un Mémoire , dans lequel je démontre , jus-

qu'à l'évidence, combien il est facile de ré-
générer cette partie d'administration publi-
que sans grever le trésor de nouvelles
dépenses.